Paul et Virginie

FichesdeLecture.com

Paul et Virginie
(Fiche de lecture)

I. INTRODUCTION

Petit récit, petite pastorale, essai minime ? Comment classer ce petit ouvrage de Bernardin de Saint-Pierre ? Publié d'abord dans le tome IV des *Études de la nature*, il fut réédité en tant qu'œuvre autonome en 1789, dans une version revue, corrigée et précédée d'un incipit.

Quant à la valeur à attribuer à l'œuvre, elle est, selon l'auteur, incertaine. Elle semble faire suite aux premiers romans de l'auteur, *Voyage à l'île de France* et aux *Études de la nature*. Que le roman soit l'illustration des bienfaits simples de la nature ou l'illustration du voyage consacré à l'île Maurice, sa place dans l'ensemble romanesque de l'auteur et le statut même de la fiction est à interroger.

Les interrogations concernant ce petit livre ne s'arrêtent pas là. L'Histoire de Mademoiselle Virginie de La Tour représente une étape de la composition de l'ouvrage. Puis, l'importance des brouillons préparatoires témoigne de remaniements lents et laborieux, avant de voir paraitre la version définitive, telle que nous la connaissons aujourd'hui. Dès sa parution, le roman connait un vif succès, et les rééditions s'enchainent. Malgré une vigilance accrue, l'auteur ne réussira pas à déjouer les contrefaçons, qu'il tentera en partie de corriger. Une version ornée de gravures luxueuses paraîtra en 1788.

L'histoire est celle du récit d'un homme découvrant dans une plaine intérieure de l'Île de France, deux cabanes abandonnées. S'interrogeant, il croise sur sa route un vieillard qui lui raconte le passé des habitants de ces ruines. Unique témoin de l'histoire ce ces lieux, volontiers conteur, il lui raconte l'histoire de Paul et Virginie.

II. RÉSUMÉ DE L'ŒUVRE

L'histoire est d'abord celle de deux Françaises, Mme Latour, devenue récemment veuve d'un aristocrate libertin, et de Margueritte, paysanne séduite puis abandonnée à son triste sort. Fuyant la métropole qui ne leur inspirait que trop de déshonneur, elles vinrent retrouver leur liberté et se cacher dans ce petit paradis, loin de tous.

Vers 1726, elles mettent toutes deux au monde un enfant. Mme de la Tour accouche de Virginie et Margueritte de Paul. Dépourvues de ressources, elles sont aidées par un couple de gens locaux, Marie et Dominique, qui les aident à cultiver la terre pour en tirer les meilleures ressources. Unies dans leur détresse et leur pauvreté, les deux femmes rassemblent leurs forces et les deux enfants sont élevés côte à côte. Privés d'amour paternel, les deux petits grandissent comme frère et sœur, et se remplissent de sentiments plus tendres que ceux d'être chacun fils et fille de chacune des deux femmes. Rien ne semble manquer à ce bonheur qui grandit et s'épanouit de jour en jour et les bonheurs simples effacent peu à peu les blessures et humiliations du passé.

Sous cette belle ordonnance apparente, s'annoncent bientôt les prémices de la violence, petits incidents dont est émaillé le récit. Ainsi, en témoignent les épisodes relatant la cruauté des conditions d'esclavagisme ou la violence naturelle, destructrice de l'exploitation à laquelle les deux jeunes femmes avaient si ardument peiné. Mais le plus gros mal, le plus gros grain de sable est sans doute ce mal inconnu qui ronge Virginie alors arrivée à l'adolescence. Tourmentée et mal dans sa peau, elle ne peut que porter seule le fardeau qui la ronge. Muette, silencieuse, elle est pourtant bien amoureuse de Paul, celui dont elle est presque jumelle, celui à qui elle est presque liée par les liens du sang. Déchirée par cette souffrance indicible, elle s'éloigne de Paul. Mais cet amour tacite, Paul ne le comprendra que trop tard.

En effet, le destin de la jeune fille est déjà en marche. Un peu plus tôt, sa mère avait reçu une lettre d'une tante restée en France, dans laquelle elle lui prodigue conseils et leçons moralisatrices. Dans cette même lettre, la tante de Mme de La Tour lui demande de rapatrier Virginie en France, là où elle recevra une bonne éducation, un parti à la cour, et la donation de tous ses biens. Toute réflexion faite, Mme de La Tour consent à accepter cette proposition, admettant que sa fille y trouvera un avenir plus confortable. Mais les hésitations de la mère face à la détresse de sa fille et au chagrin que celle-ci éprouvera lors de sa séparation avec Paul se font sentir. Et c'est le destin, incarné sous les traits du gouverneur de l'île qui envoie un prêtre auprès des deux femmes, qui mènera Virginie au départ.

C'est ainsi qu'une nuit, Virginie fut emmenée par ce gouverneur en direction de la France. Sans avoir pu faire ses adieux à Paul, la situation est douloureuse. À l'annonce de la nouvelle, celui-ci laisse éclater sa douleur et ses plaintes de désespoir résonnent à travers la péninsule. Dans l'espoir de pouvoir encore garder quelques bribes de contact avec l'exilée, il apprend à lire et à écrire, et chercha à comprendre la géographie, les us et coutumes de ce pays où séjournerait désormais sa bien-aimée.

De son côté, la jeune fille souffre également de l'absence de Paul. À des kilomètres du lieu où elle a toujours vécu, elle ne parvient pas à s'adapter aux frasques de cette nouvelle vie européenne et est loin de se réjouir de la fortune que sa tante désire lui léguer. Pendant près d'un an, qui leur parut interminable, les contacts entre les deux jeunes furent impossibles, les missives envoyées étant interceptées systématiquement par la grand-tante de Virginie. Paul reste inconsolable et s'évade, via la lecture qu'il maitrise désormais, dans les romans modernes, ventant les joies et coutumes de la vie métropolitaine. Malgré la richesse qui l'entoure, son nouveau titre de noblesse (elle est devenue comtesse), le luxe, Virginie ne parvient pas à atténuer la douleur de la perte de son ami, et les deux femmes de chambre mises à son service ne parviennent pas à soulager sa tristesse. Un jour, via un subtil subterfuge, Virginie arrive à écrire une lettre à sa mère. À sa lecture, Mme de La Tour s'effondre en comprenant le désespoir de sa fille. Mais les entreprises de la grand-tante de Virginie vont encore plus loin et elle décide de la marier à un homme de bon parti. Refusant, la jeune fille préfère être déshéritée et ne pense plus qu'à une seule chose : retrouver l'homme qu'elle aime et retourner sur l'île.

Ainsi se passèrent les choses et le retour fut décidé. Embarquée à bord du Saint-Géran, le voyage semble se passer sans encombre. Mais à l'approche de l'île, le bateau est pris dans une tempête et fait naufrage. Ne prenant pas les précautions nécessaires à sa survie en ne voulant pas ôter ses habits, la jeune fille se laisse emporter par les flots et se noie, sous les yeux ébahis de Paul resté sur le rivage, prêt à l'accueillir. Le vieillard, resté aux cotés de Paul, tentera de le consoler, en vain. Sous le poids de la douleur et de son amour à tout jamais évanoui, il succombe rapidement à ses souffrances. Peu de temps après, les deux mères décèdent.

III. PRÉSENTATION DES PERSONNAGES PRINCIPAUX

Les deux mères

Les deux mères se font écho dans le roman. L'une se prénomme Marguerite et est fille de paysans. Elle fut séduite et abusée par un gentilhomme et s'est vue contrainte d'aller cacher sa faute aux colonies. Madame de La Tour est une jeune veuve, qu'un mari mort des fièvres pestilentielles a laissée au bord d'une île perdue au milieu de l'océan Indien.

Paul et Virginie

Paul est le fils de Margueritte ; Virginie la fille de Madame de La Tour. Les deux enfants grandissent ensemble sur l'ile. À l'adolescence, une violente passion naitra entre eux. À la mort de Virginie, Paul se laissera lui aussi mourir. Ils incarnent la force de l'amour passionnel et éternel.

IV. AXES DE LECTURE

Une pastorale moderne

En tant que genre, le roman *Paul et Virginie* obéit aux contraintes du genre de la pastorale. La pastorale se définit littérairement comme un thème littéraire datant et lié à l'antiquité, qui met en scène l'harmonie originelle qu'entretiennent l'homme et la nature. Le roman pastoral, lui, est un genre littéraire issu du XVIe siècle et mettant en scène, dans un décor idyllique, bergers et bergères. Ces romans se concluent sur la consécration de l'amour des personnages mis en scène.

La crise de l'Ancien Régime qui sonna le glas d'une société hiérarchisée vit s'épanouir à nouveau le genre de la pastorale. De nombreux récits datant du XVIIIe siècle mettent en scène les amours tragiques de jeunes gens.

Mais ce qui diffère du genre de la pastorale jusqu'alors connu, c'est que ces histoires se déroulent dans de nouveaux décors : aux jardins antiques se substituent des mondes désormais bien réels. Lorsque Bernardin de Saint-Pierre rédige ce roman, il obéit bien aux contraintes formelles du genre qui exige un style simple, mais substitue à l'amour idyllique un amour malheureux.

Un roman moralisateur

Si ce roman semble ne pas émettre de critique évidente, c'est que celle-ci n'est pas aisée à comprendre. Au-delà du drame passionnel s'érige une critique de l'ordre social qui avait prévalu sous l'Ancien Régime : celle d'une société inégale, hiérarchisée et fondée sur l'hypocrisie. L'auteur dénonce également l'esclavage et l'exploitation des ouvriers noirs.

Un succès retentissant

Dès sa diffusion, le roman fut accueilli avec effervescence, et suscita également l'engouement d'artistes : ainsi, Joseph Vernet peignit le naufrage du *Saint-Gérant* et la mode gagna tous les arts décoratifs. L'œuvre fut rééditée à de nombreuses reprises jusqu'au début du XXe siècle, parfois sous la censure. Dès 1789, le roman fut porté sur les planches du théâtre. Enfin, au début du XXe siècle, Radiguet composera un opéra-comique intitulé *Paul et Virginie*.

Dans la même collection en numérique

Escadrille 80

Inconnu à cette adresse

La controverse de Valladolid

Les Vilains petits canards

Une partie de campagne

Cahier d'un retour au pays natal

Dora Bruder

L'Enfant et la rivière

Moderato Cantabile

Alice au pays des merveilles

Le faucon déniché

Une vie

Chronique des Indiens Guayaki

Je voudrais que quelqu'un m'attende quelque part

La nuit de Valognes

Œdipe

Disparition Programmée

Education européenne

L'auberge rouge

L'Illiade

Le voyage de Monsieur Perrichon

Lucrèce Borgia

Paul et Virginie

Ursule Mirouët

Discours sur les fondements de l'inégalité

L'adversaire

La petite Fadette

La prochaine fois

Le blé en herbe

Le Mystère de la Chambre Jaune

Les Hauts des Hurlevent

Les perses

Mondo et autres histoires

Vingt mille lieues sous les mers

99 francs

Arria Marcella

Chante Luna

Emile, ou de l'éducation
Histoires extraordinaires
L'homme invisible
La bibliothécaire
La cicatrice
La croix des pauvres
La fille du capitaine
Le Crime de l'Orient-Express
Le Faucon malté
Le hussard sur le toit
Le Livre dont vous êtes la victime
Les cinq écus de Bretagne
No pasarán, le jeu
Quand j'avais cinq ans je m'ai tué
Si tu veux être mon amie
Tristan et Iseult
Une bouteille dans la mer de Gaza
Cent ans de solitude
Contes à l'envers
Contes et nouvelles en vers
Dalva
Jean de Florette
L'homme qui voulait être heureux
L'île mystérieuse
La Dame aux camélias
La petite sirène
La planète des singes
La Religieuse

À propos de la collection

La série FichesdeLecture.com offre des contenus éducatifs aux étudiants et aux professeurs tels que : des résumés, des analyses littéraires, des questionnaires et des commentaires sur la littérature moderne et classique. Nos documents sont prévus comme des compléments à la lecture des oeuvres originales et aide les étudiants à comprendre la littérature.

Fondé en 2001, notre site FichesdeLectures.com s'est développé très rapidement et propose désormais plus de 2500 documents directement téléchargeables en ligne, devenant ainsi le premier site d'analyses littéraires en ligne de langue française.

FichesdeLecture est partenaire du Ministère de l'Education du Luxembourg depuis 2009.

Plus d'informations sur www.fichesdelecture.com

Notes :